Julius von Wickede

Die Aufhebung der englischen Navigations-Akte

AF130478

Anatiposi

Julius von Wickede

Die Aufhebung der englischen Navigations-Akte

Unveränderter Nachdruck der Originalausgabe von 1850.

1. Auflage 2023 | ISBN: 978-3-38240-196-2

Anatiposi Verlag ist ein Imprint der Outlook Verlagsgesellschaft mbH.

Verlag: Outlook Verlag GmbH, Zeilweg 44, 60439 Frankfurt, Deutschland
Vertretungsberechtigt: E. Roepke, Zeilweg 44, 60439 Frankfurt, Deutschland
Druck: Books on Demand GmbH, In de Tarpen 42, 22848 Norderstedt, Deutschland

Vorwort.

Nur kurze Andeutungen, nicht umfangreiche Anweisungen, wie die deutsche und besonders auch mecklenburgische Rhederei von einem so wichtigen und folgenreichen Ereignisse, wie die Aufhebung der englischen Navigations-Akte es ist, mannigfachen Vortheil gewinnen könne, beabsichtigen wir hier zu geben.

Seit einer Reihe von Jahren haben wir mit steter Aufmerksamkeit den Gang unserer deutschen Rhederei verfolgt, da wir dieselbe von so großer Bedeutung für unser gemeinsames Vaterland halten und jeden Fortschritt darin mit aufrichtiger Freude begrüßt. Jetzt scheint uns aber ein wichtiger Wendepunkt in unsern Schiffahrtsverhältnissen eingetreten zu sein, und wir halten es für Pflicht eines Jeden, der nur irgend wie bei denselben betheiligt ist oder Interesse dafür hegt, Alles anzuwenden, daß nur Vortheil und nicht gar etwa Nachtheil uns daraus erwachse.

Dies allein hat uns auch bewogen, alle unsere Wünsche, welche wir für die deutsche und besonders auch mecklenburgische Rhederei hegen, kurz zusammenzufassen und der Oeffentlichkeit zu übergeben, nachdem wir vielfach einzelne derselben in den bedeutendsten Organen unserer Zeitungspresse schon früher niedergelegt hatten.

Wenn nur hie und da aus dieser Arbeit einige Anregung zu Fortschritten entstände, würden wir uns für die dabei verwandte Mühe reich belohnt fühlen.

Hamburg, Anfang Februar 1850.

Der Verfasser.

Nachschrift.

Der Druck dieser Arbeit war fast schon vollendet, als im englischen Unterhause der Antrag auf kräftige Hebung der einheimischen Rhederei durch strengere Prüfung der Schiffskapitaine, Regelung aller Verhältnisse der Matrosen, Gründung besserer Versorgungsanstalten für dieselben u. s. w. erfolgte. Es ist dies ein neuer, glänzender Beweis für unsere weiterhin entwickelte Ansicht, daß England jetzt weit mehr wie früher mit allen seinen Kräften dahin streben wird, Fortschritte jeglicher Art in seiner ganzen Rhederei einzuführen. Möge man dies in Deutschland stets beherzigen, ehe es zu spät damit ist.

Die am 1. Januar d. J. erfolgte Aufhebung der englischen Navigations-Afte ist ein so wichtiges Ereigniß für die
ganze deutsche, wie auch insbesondere mecklenburgische Rhederei,
daß unsere vollste Aufmerksamkeit dadurch in Anspruch genommen wird. Die Konkurrenz mit den einheimischen Schiffen
ist, außer in der Küstenfahrt, jetzt auch den deutschen in allen
Häfen Großbrittanniens und seiner ausgedehnten Kolonien
gestattet worden. Ueberall können unsere Handelsfahrzeuge
jetzt Frachten nach englischen Häfen einnehmen, nach allen
Punkten der Erde wieder in diesen ihre Rückfracht verladen.
Ein neues großes Feld der Thätigkeit ist unserer deutschen
Flagge dadurch geworden und bei eifriger Benutzung desselben
kann ein reicher Gewinn uns zu Theil werden. *) Viele
englische Schiffe haben an dem Tage, an welchem diese neue
Bestimmung Gültigkeit gewonnen, die Trauerflagge aufgehißt,
die deutschen hätten Ursache gehabt, überall die Freudenflagge
wehen zu lassen. Schon beginnen andere Staaten dem neuen
Beispiele Großbrittanniens zu folgen, und die hemmenden
Beschränkungen, welchen fremde Flaggen in ihren Häfen aus-
gesetzt waren, zu entfernen. Holland hat in diesem Jahre
schon sehr wichtige Neuerungen in seiner Schiffahrtsgesetz-

*) Es kommen im Durchschnitt der letzten Jahre alljährlich an
13,000 Fahrzeuge in englischen Häfen an, darunter nur 3800
unter fremder, die übrigen alle unter englischer Flagge.

ssoung vorgenommen, und die deutsche Flagge kann auch
dort bald eine ganz andere Thätigkeit entfalten, wie ihr bisher
vergönnt war. In der Kammer des Königreiches Sardinien
sind Anträge für völlige Gleichberechtigung aller Flaggen 'in
den sardinischen Häfen gestellt worden, und wir zweifeln nicht
daran, daß dieselben jetzt schon zur völligen Ausführung kommen,
und Gleiches findet in Schweden und Nordamerika statt. Wie
lange kann und wird es dauern, so haben alle Staaten
Europa's, ja der ganzen Welt, solchem Beispiele gefolgt. Wo
ein Fortschritt in unserer Zeit nur erst angeregt ist, da bricht
er sich leicht und sicher bald seine weitere Bahn und weder
Entfernungen, noch künstliche Schranken aller Art vermögen
ihn auf die Länge zu hemmen. Dies, was die Erfahrung
uns schon so vielfach in lehrreichen Beispielen gezeigt, wird
auch bei der Befreiung der Schiffahrt wieder eintreten. Wir
sind fest überzeugt, es werden nicht zehn Jahre mehr vergehen,
bis dieselbe, außer vielleicht die Küstenfahrt von den einen
bis zu den anderen Häfen desselben Landes, überall nicht der
mindesten Beschränkung mehr unterliegt; dann aber wird erst
der wahre Wetteifer aller seefahrenden Nationen beginnen;
dann werden sich die Schwingen zur vollen Kraft entfalten
können, die bisher durch unnatürliche Bande so oft gelähmt
wurden. Freie Fahrt überall, wo das Meer seine schäumenden
Wogen treibt, welch lockender Gedanke für den Seemann,
welch Sporn zur neuen Thätigkeit für den Schiffsrheder.
    Wenige Länder in Europa vermögen aber bei solch freier
Konkurrenz der Schiffahrt aus derselben größere Vortheile zu
ziehen, als gerade Deutschland, und in diesem wieder Meck=
lenburg. Freilich gilt es dann mehr noch wie jetzt ein rüstiges
Streben nach Fortschritt in Allem, was auf die Seeschiffahrt
Bezug hat, zu zeigen; denn ohne Anstrengung wird dann noch
seltener wie jetzt der Lohn gewonnen werden. Bei eifriger

Thätigkeit aber und sorgsamer Aufmerksamkeit auf Alles und sei es auch das Kleinste, was irgendwie zur Vervollkommnung unserer Rhederei dienen könnte, dürfen wir dann mit Sicherheit hoffen, daß solche Mühe auch ihren genügenden Lohn finde. Unsere deutsche und namentlich auch mecklenburgische Rhederei wird schon in nächster Zeit in sehr rascher Steigerung zunehmen können. Viele Kapitalien werden durch Anlegung in derselben genügende Sicherheit und guten Vortheil geben, Tausende von fleißigen Händen lohnenden Verdienst finden und unser Nationalvermögen einen beträchtlichen Zuwachs erhalten, der sich durch tausendfache Kanäle bis in alle Klassen des Volkes ergießt, wenn wir nur Anstrengungen dabei nicht scheuen wollen. Wir haben alle günstigen Naturanlagen für eine ausgedehnte Rhederei, was sich schon dadurch zeigt, daß wir dieselbe trotz der bisherigen Hemmnisse aller Art und der geringen Sorgsamkeit, die ihr theilweise wenigstens gewidmet ward, doch schon zu einer verhältnißmäßigen Ausdehnung gebracht haben. Deutschland kann bei richtig geleiteter Anstrengung es vollkommen in der Betreibung einer gewinnbringenden Seeschiffahrt mit allen Ländern der Erde aufnehmen, und die mecklenburgische Rhederei gar leicht wieder mit der eines jeden anderen deutschen Landestheiles; so viel hat die Erfahrung uns schon gezeigt. Gutes und wohlfeiles Schiffsbauholz in genügender Menge, leichten und wohlfeilen Bezug von Eisen, Hanf und Segelleinewand; wohlfeiler Arbeitslohn und erfahrene, muthige und zuverläßige Seeleute; alle diese Grundbedingungen einer tüchtigen Rhederei besitzen wir in genügender Menge. Diesen wichtigen Stoff, um den uns manche andere seefahrende Völker beneiden können, gilt es nur in rechte Anwendung zu bringen, um unser gutes Theil von den Vortheilen der jetzt eröffneten freien Konkurrenz in der Schiffahrt zu erwerben.

Wir wollen uns nun zuerst bemühen, darzulegen, was unserer Ansicht nach im Besonderen für die Hebung der mecklenburgischen Rhederei jetzt gethan werden könnte und müßte, und dann noch einige allgemeine Wünsche für die ganze deutsche aussprechen. Das Großherzogthum Mecklenburg-Schwerin oder eigentlich nur die Seestädte Rostock und Wismar haben schon jetzt mehr Rhederei, wie sie zu ihrem eigenen Seehandel bedürfen, und durchschnittlich ungefähr die Hälfte aller von hier gerhedeten Schiffe war schon bisher auf Frachtfahren von fremden nach fremden Häfen angewiesen. Daß aber dies Frachtfahren trotz aller großen Beschränkungen, denen es bisher unterworfen war, doch noch immer im Allgemeinen einen ziemlich lohnenden Gewinn abwerfen konnte, zeigt recht deutlich, wie wohlfeil die Rhederei von den mecklenburgischen Häfen aus betrieben werden kann. Haben diese unter den früheren Verhältnissen circa jährlich an 200 Fahrzeuge von 16,000 Last Tragfähigkeit im fremden Handel beschäftigt, so dürfte es jetzt gelingen, diese Zahl in den nächsten Jahren schon, was besonders die Tragfähigkeit anbelangt, sehr bedeutend zu vermehren, ja allmählig sogar zu verdoppeln. Das Frachtfahren der mecklenburgischen Fahrzeuge beschränkte sich bisher, einzelne wenige Ausnahmen abgerechnet, größtentheils auf europäische Reisen, besonders von russischen und preußischen Ostseehäfen nach Holland, Belgien und Frankreich. Erst in den letzten 6 bis 7 Jahren ist auch zu unserer großen Freude das mittelländische Meer, wohin sie früher nur selten kamen, in immer größerer Zahl von ihnen besucht worden. Auch das wichtige Odessa am "Schwarzen Meer," wie auch Constantinopel sahen in den letzten Jahren immer häufiger die mecklenburgische Flagge in ihrem Hafen wehen. Transatlantische Fahrten werden alljährlich kaum einige von diesen Schiffen gemacht, und auch dann ward bisher nur selten genügender

Gewinn dabei erübrigt. Jetzt steht aber die wichtige Schiffahrt von allen transatlantischen Häfen ohne Ausnahme, nach
Großbrittannien und bald auch nach Holland unseren Fahrzeugen ohne die mindeste Beschränkung offen, und guter Gewinn kann bei genügender Vorsorge denselben daraus zu Theil
werden. Ein englisches Schiff kostet durchschnittlich an 30 bis
40 Thaler per Last Tragfähigkeit mehr zu erbauen wie ein
mecklenburgisches von gleicher Größe und Beschaffenheit, so
viel theurer sind alle Schiffsbaumaterialien wie auch das Arbeitslohn auf den englischen Werften, wie auf den unsrigen.
Der Monatslohn eines englischen Matrosen ist 3 bis 4 Thlr.
höher wie der eines mecklenburgischen, und die Verprovian-
tirung an Mehl und Fleisch erfordert ebenfalls in einem englischen Hafen ungleich höhere Kosten wie in einem mecklenburgischen. Alle diese wichtigen Vorzüge hat bei gleicher Be-
rechtigung die mecklenburgische Rhederei vor der englischen
voraus, und ihre eigne Schuld würde es sein, wollte sie diese
jetzt nicht anzuwenden versuchen. Aber freilich Anstrengungen
gilt es hiebei, Fortschritte und Verbesserungen aller Art
müssen in unserer Rhederei geschehen, sonst möchte der Vortheil, den sie durch die jetzt eröffnete freie Konkurrenz gewinnen könnte, allmählig eher in Schaden sich verwandeln.
Die englische Rhederei, die übermüthig auf den großen Schutz,
den ihr die alte Navigations-Akte verlieh, bisher in einigen
Dingen zurückgeblieben war, wird solch Versäumniß jetzt mit
aller Kraft nachzuholen streben. Leichten Kaufes läßt dieselbe
in der jetzigen freien Konkurrenz sich nicht besiegen, ja wird,
wo es sich sogar um ihr ganzes Sein handeln kann, keine
Anstrengung irgend einer Art scheuen, keinen Fortschritt ver-
nachlässigen, um sich einen tüchtigen Platz im Weltverkehr zu
sichern. Wenn auch ein englisches Schiff viel theurer zu
rheden kommt wie ein deutsches und gar mecklenburgisches, so

stehen dem englischen Rheder auch wieder manche Vortheile zu Gebote, die dies auszugleichen vermögen, wenn unsere Rhederei nicht auch durch Fortschritte aller Art gehoben wird. Grade durch solch freien Wetteifer die englische Schifffahrt kräftig anzuspornen, unablässig nach Verbesserungen aller Art zu streben, bezweckte die Aufhebung der Navigations-Akte, und bei der Energie welche den Engländern in so hohem Grade eigen ist, werden sie diesen wichtigen Schritt nicht vergeblich gethan haben. Geht daher Mecklenburg nicht auch ebenfalls in seiner Rhederei fort, begnügt es sich, dieselbe in der einmal gewohnten und daher bequemen Weise fortzuführen, gleichviel, ob diese der jetzigen Zeit auch noch angemessen ist, so könnte statt des sonstigen Vortheils ihm sogar eher Nachtheil aus dieser freien Schifffahrt erwachsen. Die englische Flagge wird sich nun nicht mehr auf den englischen Handel beschränken, wie sie es bisher that, da sie bei diesem so manchen Schutz besaß, sie wird sich jetzt auch bestreben, überall zu erscheinen, um trotz ihrer kostspieligen Ausrüstung an den Frachtfahrten von fremden Häfen zu fremden Häfen theilzunehmen. Die erste Folge dieser Aufhebung der Navigations-Akte ist jetzt schon, daß man in den Häfen Großbrittanniens eine Menge alter schlechter Schiffe, wie man deren so viele dort besaß, um niedrigen Preis verkauft, fast um 16 — 18 Procent wohlfeiler wie sonst, da man sie bei der jetzigen freien Konkurrenz nicht mehr für tauglich hält, dagegen auf allen Werften neue, vorzügliche Schiffe, bei denen jede Verbesserung der Schiffsbaukunst angewandt wird, zu erbauen sucht. Die Rhederei Großbrittanniens wird daher in den nächsten Jahren vielleicht in der Zahl der Schiffe sich sehr vermindern, diese selbst aber durchgängig von besserer Beschaffenheit wie früher werden. Bisher waren in dem Handel Großbrittanniens mit Europa und besonders mit den

Oſtſeeländern, viele alte, ſchlechte Schiffe beſchäftigt, die größtentheils in ihrer ganzen Beſchaffenheit unſeren deutſchen nachſtehen mußten. Diese werden jetzt bald verschwunden und durch beſſere erſetzt ſein. Möge man ſolche Veränderung auch in unseren mecklenburgiſchen Häfen berückſichtigen.

Um nun zu den Mitteln überzugehen, welche die deutſchen Seeküſten und beſonders auch Mecklenburg zu ergreifen haben, wenn ſie großen Vortheil, ſtatt ſonſt vielleicht Nachtheil, von dem jetzt beginnenden neuen Abſchnitt in der Schiffahrt des Weltverkehres gewinnen wollen, ſo gehört beſonders mit dazu der Bau größerer Fahrzeuge wie bisher. Es iſt in Mecklenburg kein einziges Schiff, was an 200 Laſt Tragfähigkeit hat, ja die größere Mehrzahl derſelben hat ſogar unter 100 Laſt. Zwar hat man in den letzten 6 bis 7 Jahren ſchon mehr angefangen, größere Schiffe von 130 bis 180 Laſt zu bauen, und wir haben uns als einen nicht geringen Fortſchritt unſerer Rhederei darüber gefreut; allein für die neuen Verhältniſſe ſcheint uns dies noch nicht ganz genügend zu ſein. Mecklenburg hat jetzt viel mehr Gelegenheit, mit ſeinen Schiffen an den weiteren transatlantiſchen Fahrten Theil zu nehmen wie früher und darf dies für ſeinen Vortheil nicht verſäumen. Wie vorhin ſchon erwähnt, geſchah dies bisher nur ſehr ſelten, und die Verhältniſſe waren auch nicht darnach, es gerade beſonders vortheilhaft und daher wünſchenswerth zu machen. Dies hat ſich aber jetzt geändert, eine weit freiere Bewegung in dieſen Fahrten iſt uns geworden, und an uns liegt es, dieſelbe auch zu nützen. Unſere Schiffe können jetzt von allen amerikaniſchen, afrikaniſchen, aſiatiſchen Häfen ungehindert Fracht nach England und bald auch nach Holland, ja allen Häfen der Welt einnehmen, und ebenſo auch wieder umgekehrt von dieſen dorthin fahren. Welch freier Tummelplatz ihrer Thätigkeit iſt ihnen alſo da-

durch geworden, während sie früher in so enge Schranken
gehalten wurden. Für solche transatlantischen Fahrten ist
aber die Mehrzahl unserer Schiffe zu klein, denn man pflegt
im Allgemeinen nicht gern solche unter 150 Last, und lieber
über 200 Last Tragfähigkeit dafür zu verwenden. Wenn
auch mitunter Schiffe von 80, ja selbst 50 Last in diesen
Fahrten beschäftigt werden, so gehört dies doch immer nur
zu den Ausnahmen. Es lohnt im Allgemeinen der Mühe
nicht, weite Reisen mit so kleinen Fahrzeugen zu machen,
denn diese können zu wenig Ladung einnehmen und also auch
nur geringe Frachten verdienen. Ueberhaupt sind im Allge=
meinen, und wenn sie nicht grade zu Fahrten nach und von
solchen Häfen, die nur geringe Tiefe besitzen, verwandt wer=
den sollen, große Schiffe verhältnißmäßig immer lohnender
wie kleine. Wenn man durchschnittlich annehmen kann, daß
die Last Tragfähigkeit eines vollständig ausgerüsteten Schiffes
unter 100 Last auf mecklenburgischen Werften an 110 Thlr.
zu erbauen kostet, so die eines von 110—150 nur 105 Thlr.,
und je größer das Schiff ist, desto wohlfeiler werden ver=
hältnißmäßig auch die Kosten per Last seiner Tragfähigkeit
sein. Es giebt sehr viele Dinge bei der Erbauung und Aus=
rüstung, die ein Schiff von 50 Last ebenso gut und von
gleicher Beschaffenheit also auch gleichem Preise haben muß,
wie das von 250 Last, und dies macht den Bau der größeren
verhältnißmäßig um so viel wohlfeiler. Auch die Bemannung
eines Schiffes braucht nicht immer mit seiner Lastenzahl zu
steigen, sondern größere Schiffe bedürfen verhältnißmäßig
immer einige Matrosen weniger wie kleine. Bei kleinen Fahr=
zeugen unter 60—80 Last kann man durchschnittlich per
10 Last Tragfähigkeit immer 1 Mann Besatzung annehmen,
bei Schiffen über 150 Last reicht schon ein Mann für 15 Last
aus. Diese Annahmen gelten übrigens nur im Allgemeinen;

es giebt viele Fälle, die Ausnahmen davon bedingen. Bei
Winterreisen nehmen die Kapitaine gerne 1—2 Mann mehr
an Bord, wie sie es im Sommer thun würden, da es dann
leicht mehr Arbeit geben kann, und diese die Matrosen auch
stärker angreift. Die Schiffe, welche viel im tropischen Klima
fahren, besonders in den ostindischen und chinesischen Ge-
wässern, wo die Arbeit für europäische Matrosen sehr er-
schöpfend ist, haben oft viele Lascaren am Bord, die aber
sonst im Uebrigen lange nicht die Kraft unserer Matrosen
haben, so daß ihrer Zwei auf Einen von Letzteren gerechnet
werden können. Alle Ostindienfahrer haben daher fast immer
um die Hälfte mehr Mannschaft am Bord, als die Schiffe,
nach Nordamerika, Brasilien u. s. w. von gleicher Größe.
Ebenso müssen Wallfischfänger in der Südsee, Grönlands-
fahrer u. s. w. natürlich eine verhältnißmäßig weit stär-
kere Besatzung haben, wie andere Handelsfahrzeuge von
gleicher Größe. Ein anderer Vorzug, den größere Schiffe vor
kleineren, besonders bei weiten Reisen, besitzen, ist, daß sie bei
sonstiger Gleichheit der Verhältnisse leichter Fracht wie diese
bekommen. Man lese nur die Berichte über die Schiffs-
frachten in allen Häfen, wie sie z. B. auch die "Hamburger
Börsenhalle" fast täglich enthält, und man wird finden, daß
größere Fahrzeuge fast immer leichtere, und oft auch höhere
Frachten erhalten, wie kleine. Man hat mehr Vertrauen zu
denselben, glaubt, daß sie fester und solider gebaut sind, und
daher auch mehr aushalten können, und im Allgemeinen
täuschen diese Annahmen auch wohl nicht. Auch der Kapitain
eines großen Fahrzeuges wird durchschnittlich für tüchtiger
und unterrichteter wie der eines kleinen gehalten und ihm
deshalb lieber eine Fracht anvertraut. Man nimmt an, daß
die Rhederei eines großen Schiffes, was bedeutende Summen
an Fracht einnimmt, auch den Kapitain desselben besser be-

zahlen kann, wie es bei einem kleinen der Fall ist, also auch
höhere Ansprüche an denselben machen und eine größere Konkurrenz bei Besetzung seines Postens eröffnen kann. Daß
diese Ansicht sehr häufig die richtige ist und sich auch durch
die Erfahrung stets bewährt, wird man nicht läugnen können,
wenn auch bisweilen recht schroffe Beweise vom Gegentheil
vorkommen.

Alles dies sind Vorzüge, welche große Schiffe vor kleinen
besitzen, und welche unserer mecklenburgischen Rhederei, die
solche nur wenige aufzuweisen hat, bisher verloren gingen.
Jetzt aber, nach der Aufhebung der Navigations-Akte, muß
sich dies ändern, und auch die Flagge Mecklenburgs sich
rüsten, mit neuen Kräften tüchtig ausgestattet, in den nun
eröffneten freien Kampf zu treten. Deshalb halten wir den
Bau von größeren Fahrzeugen wie bisher auf den Werften
von Rostock, Wismar und Ribnitz für ebenso wünschenswerth
für das allgemeine Interesse wie vortheilhaft für die einzelnen
Rheder derselben selbst. Es müssen Fregattschiffe, eher über
200 als unter 200 Last Tragfähigkeit sein, wenn sie mit gehörigen Nutzen im transatlantischen Verkehr gebraucht werden
sollen. Kleine Fahrzeuge, um den eignen Handel zu besorgen
und sonstige Frachten in den Ostseehäfen zu suchen, hat
Mecklenburg genug, größere aber, um mit England in Konkurrenz für transatlantische Fahrten treten zu können, wie
ihm jetzt gestattet ist, sehr, sehr wenige. Wenn nur in
nächster Zeit jährlich 8—10 solche große Schiffe von oder
über 200 Last auf den mecklenburgischen Werften auf den
Stapel gelegt würden, gewönne die Rhederei einen Zuwachs
dadurch, der sowohl ihr selbst, wie mittelbar auch dem ganzen
Lande, vielfachen Nutzen gewähren dürfte. Ein großer Theil
des für den Bau von Schiffen erforderlichen Geldes bleibt
für Holz und Handwerkslohn aller Art im Lande selbst, und

kömmt gar vielen verschiedenen Zweigen der Thätigkeit gut
zu statten. Daß diese größeren, mehr für transatlantische
Fahrten bestimmten Fahrzeuge einen Bodenbeschlag von Kupfer
oder doch Compositionsmetall besitzen müssen, versteht sich von
selbst. Von unseren mecklenburgischen Schiffen haben nur
einige ganz wenige solchen Boden, und dies halten wir für
einen großen Nachtheil für die Rhederei. Zwar ist ein
Kupferbeschlag nur unumgänglich nothwendig in den süd-
lichen Meeren, wo sonst die Bohrwürmer den ganzen Schiffs-
boden sehr bald zerstören würden; in den europäischen Ge-
wässern kann ein Fahrzeug denselben entbehren. Gerne sieht
es aber auch hier der Befrachter und mehr noch der Ver-
sicherer, wenn ein Schiff einen Kupferboden hat, da man
aus diesem schon auf eine starke und sorgfältige Bauart desselben schließt und auch glaubt, daß sonst manche andere
Vortheile damit verbunden sind. Der Schiffsmakler in Hamburg oder Bremen, der Fracht für ein Fahrzeug von dort
nach Petersburg oder Christiania, oder Marseille sucht, wird
es gewiß als einen Vorzug besonders hervorzuheben wissen,
wenn dasselbe einen Kupferboden besitzt. Auf den englischen
Werften werden jetzt außer zu ganz kleinen Fahrten an der
Küste und zum Kohlentransport nach Hamburg selten nur
noch Schiffe gebaut, die keinen Metallboden bekommen, und
auch in Bremen, dieser Musterstadt der deutschen Rhederei,
giebt man fast allen neuen Fahrzeugen, selbst wenn sie nicht
für transatlantische Fahrten bestimmt sind, einen solchen.
Das Register von Lloyd in London führt es auch stets bei
jedem Fahrzeug an, ob es Kupferboden oder nicht besitze.
Deßhalb glauben wir auch, daß es für die mecklenburgische
Rhederei nur von Nutzen sein könne, wenn auch jetzt noch
manche der älteren Fahrzeuge, die sich dafür gut eignen, mit
einem Kupfer- oder doch sonstigen Metall-Boden versehen

würden. Bei einer großen Zahl der älteren und kleineren Fahrzeuge dürfte dieß freilich nicht mehr die Kosten lohnen, unter den neueren und größeren wären aber gewiß noch Manche zu finden, die sich in jeder Hinsicht ganz gut hiefür eignen würden.

Diese großen neuen Fahrzeuge von oder über 200 Last Tragfähigkeit eigneten sich freilich für den mecklenburgischen Handel selbst nicht sehr gut, da sie für die eigenen Häfen zu tiefgehend sind. Transatlantische Fahrten von englischen, belgischen, holländischen oder auch andern deutschen Haupthäfen müßte ihre Bestimmung sein. Einzelne andere Rhederreistädte der Ostseeküste haben schon vor Aufhebung der Navigations-Akte derartige, bloß für weite transatlantische Reisen bestimmte Schiffe erbaut gehabt, und ihre gute Rechnung dabei gefunden. In Appenrade, Flensburg, Eckernförde wurden seit längerer Zeit alljährlich schon mehrere große Fregattschiffe von 200—300 Last Tragfähigkeit erbaut, die fast beständig in der ostindischen und chinesischen Fahrt von Hamburg und Bremen oder auch anderen Häfen aus, beschäftigt waren. Nach Hause kommen diese Fahrzeuge nur, wenn sie einer bedeutenden Reparatur bedürftig sind, pflegen aber dafür ihren Rhedern alljährlich einen ziemlich bedeutenden Gewinn als Ueberschuß der Frachteinnahme zu senden. Jetzt, wo durch Aufhebung der Navigations-Akte und die vom 1. April an beginnende Freiheit der Schiffahrt in Holland allen derartigen Fahrten so sehr viel größerer Spielraum wie früher gegeben ist, wird man in diesen Ostseehäfen solche Rhederei noch bedeutend auszudehnen suchen.

Im Allgemeinen bringt aber das Frachtfahren mit großen Schiffen auf weiten Reisen verhältnißmäßig weit höheren Gewinn, wie das mit kleinen auf kurzen Fahrten. Wir haben schon vorhin gezeigt, daß ein großes Schiff verhältnißmäßig weniger Kosten bei seiner Erbauung und späteren Ausrüstung bedarf, wie ein kleines, und daher leichter einen guten Fracht= verdienst abliefern kann. Auch die größeren transatlan= tischen Reisen selbst sind durchschnittlich belohnender wie die kleinen Fahrten von europäischen Häfen zu europäischen Hä= fen, welche unsere mecklenburgischen Schiffe bisher größten= theils gemacht haben. Ein Hauptnachtheil, der diese bisher so häufig traf, war die kurze Zeit ihrer Thätigkeit und also auch ihres Verdienstes. Die Schiffe, welche im Ostseehandel verwendet werden, liegen durchschnittlich 5 Monate abgetakelt im Winterhafen, während weder Fahrzeug noch Mannschaft den mindesten Verdienst hat. Während der übrigen Sommer= monate werden gewöhnlich 2 kurze Hin= und Herreisen ge= macht, als z. B. in Ballast von Rostock nach Riga, dort sich Ladung gesucht, dann mit Ladung von Riga nach Antwerpen oder Amsterdam, dort wieder Ladung gesucht und mit dieser oder sonst auch wieder in Ballast nach Riga oder Libau oder Petersburg, daselbst wieder Ladung genommen und wieder nach einem holländischen, belgischen oder französischen Nord= seehafen und von diesem gewöhnlich in Ballast, oder doch nur halber Ladung, nach Rostock in das Winterlager zurück. Im günstigen Fall wird vielleicht dann noch eine dritte derartige Reise gemacht. So ist das Schiff während des ganzen Jahres oft kaum über 3 Monate in See selbst, wo es doch nur ver= dient, die übrige Zeit aber in den Häfen. Dies ist aber für die Mannschaft, die so nur wenig Zeit zur Uebung hat, wie für die Rheder selbst, unbedingt ein ungünstiges Verhältniß. Schon deshalb halten wir es für einen großen Fortschritt, daß in den letzten Jahren die mecklenburgische Schiffahrt im "Mittelländischen" und "Schwarzen Meer" sich so gesteigert hat, denn hier kommen doch schon längere Fahrten vor, und das beständige Winterlager in den Häfen wird mehr ver=

mieden. Wie viel mehr ist dies aber noch bei den größeren transatlantischen Fahrten der Fall, und wie viel vortheilhafter für Rheder, wie Bemannung des Schiffes, sind dieselben dadurch. Eine Reise von England oder Hamburg nach Canton oder Calcutta dauert durchschnittlich an 4—5 Monate, und da in 13 Monaten gewöhnlich eine Hin- und Rückreise zu geschehen pflegt, so ist das Schiff während dieses Zeitraumes an 10 Monate in See gewesen. Die Fahrzeuge, welche für gewöhnlich von Hamburg oder Bremen nach New-York oder andern nordamerikanischen Häfen fahren, machen durchschnittlich im Jahre 2, ja oft 3 Hin- und Zurückreisen, und bringen so an 8—9 Monate in See zu. Wie vortheilhaft ist diese beständige Thätigkeit für den Rheder, wie Uebung und Nutzen zu gleicher Zeit bringend für die gesammte Mannschaft. Und an diesen Fahrten kann unsere mecklenburgische Rhederei ihren gehörigen Antheil jetzt unter günstigen Verhältnissen nehmen, wenn sie sich entschließt, größere Schiffe, die dafür geeignet sind, mehr anzuschaffen.

Aber nicht allein größere, sondern auch mehr zum Schnellsegeln geeignete Fahrzeuge, wie bisher es im Allgemeinen der Fall war, muß man von jetzt an auf den mecklenburgischen Werften bauen, wenn man den gebührenden Antheil an der eröffneten freien Konkurrenz in der Schiffahrt nehmen will. Die mecklenburgischen Schiffe sind durchschnittlich fast von sehr gutem, solidem Material, tüchtig und fest gebaut, und stets ordentlich gehalten, aber in der Leichtigkeit und Gefälligkeit der Bauart, wie in der Anwendung aller der einzelnen Fortschritte, die der Schiffsbau in den letzten 10 Jahren gemacht hat, sind sie größtentheils nicht auf so hoher Stufe, wie wir es, besonders von jetzt an, für dringend wünschenswerth halten. Die großen nordamerikanischen Handelsfregatten, wie man in Antwerpen, Triest, Bremerhafen sie häufig sieht, anerkannt die besten Handelsschiffe der Welt, sind ganz andere Schnellsegler, besitzen viel größere Vorzüge jeder Art, wie unsere mecklenburgischen Fahrzeuge. Die neueren Schiffe von Hamburg, und besonders auch von Bremen aus, welche letztere Stadt wir überhaupt als Muster der deutschen Rhederei betrachten, kommen diesen besten amerikanischen Fahrzeugen schon fast ganz gleich, und immer mehr und mehr vervollkommnet sich die Schiffsbaukunst in jeder Weise auf den dortigen Werften. So muß es auch in Mecklenburg der Fall sein, unablässig muß daselbst gestrebt werden, bessere und immer bessere Schiffe zu bauen, wenn die dortige Rhederei nicht großen Nachtheil haben soll. Wir sind überzeugt, unsere geschickteren Schiffsbaumeister in Wismar, Rostock und Ribnitz vermögen ebenso gute und namentlich schnellsegelnde Schiffe zu bauen, wie dies auf den Werften von Vegesack, Bracke und Bremerhaven oder Hamburg geschieht, sobald sie nur erst die genauen Modelle von solchen besitzen. Daß man sich aber diese zu verschaffen sucht und überhaupt kein Mittel vernachlässigt, was irgendwie dazu dienen kann, den Schiffsbau noch mehr emporzuheben, halten wir für dringend nothwendig. Die lübecker Werften haben in letzter Zeit solche Fortschritte gemacht, daß 1849 allein für hamburger Rechnung dort 5 große Fahrzeuge erbaut worden sind, da man auf den Ostseewerften des billigeren Holzes, Eisens, Hanfes und Tauwerkes und theilweise auch noch Arbeitslohnes wegen, etwas wohlfeiler Schiffe erbauen kann, wie es auf den Werften der Nordsee der Fall ist. Unseres Wissens wenigstens nach sind aber auf den mecklenburgischen Werften bisher nur sehr vereinzelte Fahrzeuge für fremde Rechnung erbaut worden, und wir können nur im eigenen Interesse derselben beklagen, daß dies noch nicht mehr geschehen ist. In unserer Zeit, wo Alles treibt und drängt, und Fortschritt die stete Loosung ist, darf weder

der einzelne Mensch noch ein ganzes Land selbstgefällig auf
dem einmal genommenen Standpunkt bleiben, sondern muß
fort= und fortstreben, wenn nicht eine Ueberflügelung, und da=
durch bedingt, bald ein Rückschritt eintreten soll. Mecklenburg,
durch vielfache, natürliche Vorzüge begünstigt, hat bisher eine
blühende Rhederei gehabt, damit darf es sich jetzt aber nicht
begnügen, sondern muß unablässig ringen, dieselbe in jeder
Beziehung noch mehr zu heben, oder es dürfte bald den Krebs=
gang damit antreten.

Möchte man daher auf den mecklenburgischen Werften
den jetzigen so günstigen Zeitpunkt der Aufhebung der engli=
schen Navigations=Akte bringend benutzen, um sich Modelle
von den besten und größten von amerikanischen oder bremischen
und hamburgischen Schnellseglern zu verschaffen, und nach
diesen dann mit eifrigster Sorgfalt gleiche Fahrzeuge bauen.

Ein anderer Umstand, der für die mecklenburgische Rhe=
derei große Wichtigkeit hat, und auch ferner bei veränderten
Verhältnissen wohl zu beachten bleibt, ist die bisherige Befrei=
ung vom Zoll auf Eisen, Hanf, Tauwerk und Segelleinewand.
Bei dem jetzigen Zollsystem in Mecklenburg geben diese für
den Schiffsbau so wichtigen Gegenstände fast gar keinen oder
doch nur äußerst geringen Eingangszoll, und dies ist ein nicht
kleiner Vortheil für unsere Rhederei. Schwedisches Eisen zu
mehreren Zwecken beim Schiffsbau und russischen Hanf und
Segelleinen wird man trotz aller noch so hohen Eingangszölle
doch stets einführen müssen, da wir in Deutschland diese Ge=
genstände nicht von gleich guter Beschaffenheit besitzen. Jetzt
kostet in Mecklenburg, in Folge der so ganz unbedeutenden
Zölle auf Eisen und Hanf, die Last eines Schiffes 8 bis 10
Thaler weniger zu erbauen, wie auf den preußischen Werften,
die den Tarif des Zollvereins bezahlen müssen. Daß Mecklen=
burg nun aber in kurzer Zeit in den deutschen Zollverein ein=

treten muß und wird, sind wir eben so fest überzeugt, wie
wir solch Ereigniß sowohl im Interesse des einigen Deutsch-
landes, was uns am Höchsten steht, wie aber auch von
Mecklenburg selbst, aufrichtig wünschen. Mag nun aber der
Tarif des Zollvereins sich mehr oder weniger zu dem Schutz-
zoll oder Freihandelssystem hinneigen, und es kann unsere
Aufgabe nicht sein, uns grade hier näher über diesen so wichtigen, umfangreichen Gegenstand zu verbreiten, so scheint uns
aber das entschieden, daß sowohl Mecklenburg, wie auch alle
übrigen norddeutschen Rhedereistaaten, eine Rückvergütung an
Zoll für das zum Schiffsbau nothwendige Eisen, Hanf, Segelleinen aus Schweden und Rußland erhalten werden, wenn
sie nur selbst hierauf antragen. Wir haben bei unseren vielfachen Reisen häufig, und noch zuletzt wiederholt während der
Anwesenheit der Nationalversammlung in Frankfurt, Gelegenheit gehabt, uns mit einflußreichen Personen über diesen
Gegenstand zu unterhalten. Alle, selbst die eifrigsten Schutz-
zöllner, z. B. Obersteuerrath Mohl aus Würtemberg, Abge-
ordneter Eisenstuck aus Sachsen, der uns in der National-
Versammlung den bekannten hohen Schutzzoll-Tarif für ganz
Deutschland so ohne Weiteres aufdringen wollte, gaben die
Billigkeit einer Rückvergütung des für Material beim Schiffsbau verausgabten Zolles vollkommen zu. Es läßt sich hiebei
leicht eine Durchschnittsberechnung anstellen, wonach bei bestimmten Zollsätzen für Eisen, Nägel, Hanf, Tauwerk, Segelleinen u. s. w., ein neu erbautes Schiff eine bestimmte Summe
per Last seiner Tragfähigkeit, für verausgabten Zoll rückver-
gütet erhält. Mecklenburg möge es ja nicht versäumen, vor
seinem Eintritt in den Zollverein hierauf zu dringen, denn es
kann gewiß sein, daß es diese nicht mehr als gerechte Forde-
rung bewilligt erhält. Auch eine gänzliche oder doch theilweise Rückvergütung der Verbrauchssteuern für Mehl, Fleisch,

Bier, Branntwein, welche ein Fahrzeug als Proviant mit an
Bord nimmt, halten wir im Interesse unserer Rhederei für
wünschenswerth. Alle diese Gegenstände werden ja nicht in=
nerhalb, sondern außerhalb der Grenzen des Landes verbraucht,
haben also auch Anspruch, von der Steuer die auf ihren Ver=
brauch lastet, befreit zu sein. Bei der jetzigen geringen
Mehl=, Schlacht= und Brenn= und Braustener in Mecklenburg
ist übrigens diese ganze Sache zu unbedeutend, was aber
nicht der Fall sein wird, wenn wir in ein verändertes Steuer=
system treten. Eine höhere Mahl= und Schlachtsteuer wer=
den wir übrigens schwerlich bekommen, da man die Unzweck=
mäßigkeit dieser Steuer, die vorzugsweise die unteren Stände
so hart drückt, überall eingesehen hat, und so ist es eigentlich
nur die Branntwein= und Biersteuer, die in dieser Hinsicht
von Bedeutung sein wird.

Um aber diese Vermehrung der mecklenburgischen Rhe=
derei mit großen, für weite Fahrten vollkommen geeigneten
neuen Schiffen, die in Lloyds Register in London Klasse A. I.
stehen müssen, recht bald eintreten zu lassen, ist es dringend
wünschenswerth, daß die Betheiligung unserer Kapitalisten an
dem Rhedereigeschäft noch vielmehr wie bisher steigt. Jetzt
gehören die Gelder, die in unseren Schiffen stecken, größten=
theils nach Wismar, Rostock, Ribnitz, Warnemünde, dem
Fischlande, etwas auch wohl nach fremden Seestädten, z. B.
Riga, das übrige Land hat nur noch geringen Antheil daran.
Zwar haben in den letzten Jahren wohl einzelne Gutsbesitzer
sich einige Schiffsparte gekauft, im Ganzen ist dies aber nur
unbedeutend. Dies muß aber zunehmen, sobald die Vortheile,
welche Gelder, in einem zweckmäßig betriebenen Rhedereige=
schäft angelegt, bei der jetzt eingetretenen freien Schiffahrt
gewähren, mehr bekannt sind. Wenn eine Actiengesellschaft
zusammenträte, die vorläufig 4 große, auf das Beste einge=

richtete Fahrzeuge von etwa zusammen 1000 Last Tragfähig=
keit auf mecklenburgischen Werften erbauen ließe, was circa
110,000—112,000 Thaler kosten würde, so sind wir überzeugt,
dieselbe könnte sehr gute Geschäfte machen. Diese Fahrzeuge
müßten aber nicht im mecklenburgischen Handel, sondern nur
in weiten transatlantischen Fahrten verwandt werden, und
nur nach Hause zurückkommen, wenn sie einer bedeutenden
Reparatur, die in Mecklenburg billiger als anderswo zu be=
schaffen wäre, bedürften. Noch lebhaftere Theilnahme des
ganzen deutschen Binnenlandes an dem Rhedereigeschäft wird
eintreten, sobald nur erst eine gemeinsame deutsche Flagge
alle unsere Schiffe von Memel bis Emden schmückt. Der
Bau der großen Eisenbahnen, die so viele Kapitalien in An=
spruch nahmen, ist bald in ganz Deutschland so ziemlich vol=
lendet, und unsere Kapitalisten werden dann suchen, ihr Geld
mehr in andere Gewinn bringende Unternehmungen anzulegen,
und hiezu wird auch das Rhedereigeschäft gehören. Meck=
lenburg aber, welches, wie wir bisher zu beweisen bemüht
waren, sehr viele günstige natürliche Bedingungen für
eine ausgedehnte Rhederei besitzt, ist dann mit dazu berufen,
solche binnenländische Kapitalien in seine Schiffe mit aufzu=
nehmen und vielfachen Vortheil aller Art daraus zu haben.
Es wäre seine eigene Schuld, die sich bitter rächen würde,
versäumte es dies durch Trägheit und Hängen am alten
Schlendrian, und ließe noch mehr, wie jetzt schon geschehen
ist, der Rhederei von Bremen und Hamburg den Vorrang
abgewinnen. Mögen erfahrene Männer in den mecklenbur=
gischen Seestädten das, was wir hier ausgesprochen haben,
einer näheren Prüfung unterziehen; wir hoffen, sie werden
unseren Ansichten beistimmen.

Aber nicht allein der Bau der Schiffe in Mecklenburg
bedarf eines frischen Aufschwunges, wenn das Land seinen

vollen Antheil an der jetzt eröffneten freien Seeschiffahrt nehmen soll, auch hinsichtlich der Bemannung derselben sind Fortschritte nöthig. Die mecklenburgischen Schiffskapitaine und Steuerleute genießen in allen Hafenstädten durchgängig einen guten Ruf als sehr treue, ehrliche, zuverlässige und vorsichtige Männer, die mit großer Sorgfalt und strenger Gewissenhaftigkeit danach streben, Schiff und Ladung unverletzt, und ohne durch unnöthige Kosten vertheuert zu sein, nach den ihnen bestimmten Orten hinzubringen. Dies Lob haben wir fast beständig in Triest, Antwerpen, Amsterdam, Bremen, Hamburg, Stettin und anderen Seeplätzen zu unserer Freude denselben ertheilen hören. Die Rechtlichkeit, die dem mecklenburgischen Volke überhaupt noch eigen ist, und auch wohl der Umstand, daß die meisten Schiffskapitaine Parten im Schiff, welches sie fahren, mit besitzen, also unmittelbar bei dem guten Ruf desselben und dem vortheilhaften Verdienst, den es macht, betheiligt sind, tragen zu diesem günstigen Lob mit bei. Auch als praktisch erfahren und wohl im Stande, einen Sturm auf der See durchzumachen, gelten im Allgemeinen mecklenburgische Kapitaine und Matrosen, und namentlich Letztere nimmt man gerne auf Fahrzeugen aller Nationen an Bord.

Daß aber mit diesen sehr guten Eigenschaften bei manchen mecklenburgischen Kapitainen eine gewisse Unbehülflichkeit, besonders auch am Lande, und eine Art von Langsamkeit verbunden ist, und ihre theoretischen Kenntnisse oft nicht bedeutend genug sind, um sich mit gutem Erfolg auf lange Reisen begeben zu können, wird man nicht läugnen dürfen. Häufig haben wir mit dem erwähnten Lobe auch zugleich diesen Tadel der geringen Gewandheit aussprechen hören, und glauben, daß derselbe nicht ungegründet ist. So sagte man uns wiederholt in Triest von Seiten einer sehr competenten

Behörde, welche die Seeversicherungen in fast allen Häfen des "Mittelländischen Meeres" leitet, und der wir auf ihren speciellen Wunsch eine Darstellung der mecklenburgischen Rhederei-Verhältnisse ausgearbeitet hatten: " Die mecklenburgischen Schiffe, welche in den letzten Jahren sehr häufig in die Häfen des "Mittelländischen" und " Schwarzen Meeres" kommen, sind nach den Berichten unserer Agenten stark und sehr solide, oft aber etwas plump und schwerfällig im Segeln, gebaut. Die Kapitaine derselben haben wir durchgängig als sehr wackere, streng rechtliche, und auf Schiff und Ladung sorgsam wachende Männer kennen gelernt, und wir versichern deshalb lieber auf ein mecklenburgisches, wie auf ein griechisches, maltesisches, provenzalisches und italienisches Fahrzeug. Auffallend ist aber bei Vielen dieser Kapitaine die Unbehülflichkeit in ihrem Verkehr mit den Zoll-, Quarantaine- und Policei-Behörden der Häfen, wie auch mit den Abladern und Empfängern der Waaren, den Mäklern, u. s. w. Sie gebrauchen deshalb stets mehr Zeit, um ihre Waaren aus- und einzuladen, wie die meisten anderen Schiffe, und machen auch sonst zwar sehr sichere, aber dafür auch oft sehr langsame Fahrten. Auch scheint es uns, als ob manche Kapitaine mit der Feder und im Rechnungswesen nicht so gewandt wären, wie es billiger Weise auf einem größeren Schiffe der Fall sein sollte." Dies ist das Urtheil, welches man uns in Triest über die mecklenburgischen Schiffe und die Führer derselben aussprach. Fast dasselbe sagte uns auch ein sehr angesehener Schiffsassecurateur aus Amsterdam, mit dem wir in Süddeutschland längere Zeit zusammen weilten, und viel über die Eigenthümlichkeiten der mecklenburgischen, wie auch der Schiffe aller anderen Nationen sprachen.

Die Anforderungen, welche man jetzt an den Kapitain eines größeren Kauffahrteischiffes macht, sind wie Alles in der Welt, sehr fortgeschritten. Derselbe soll ein theoretisch sehr gebildeter und dabei praktisch erfahrener Seemann sein, Gewandheit und Kenntniß in dem Umgang mit den verschiedenen Behörden und Personen aller Art, mit denen ein Kapitain in fremden Häfen so vielfach in Berührung kommt, besitzen, vollkommen im Rechnungs- und Schreiberei-Wesen erfahren sein, und einige der gangbarsten fremden Sprachen wenigstens nothdürftig reden können. Solche vielfältige Eigenschaften, wie sie z. B. die besseren amerikanischen, hamburgischen, bremischen und andere Kapitaine besitzen, verlangt man jetzt überall von dem Führer eines größeren Schiffes, und wenn ein Solcher sich ohne dieselben in die allgemeine Konkurrenz hinauswagt, wird er selbst, und mehr noch die Rhederei seines Fahrzeuges, den Mangel davon sehr leicht schmerzlich empfinden lernen. Bei den kleineren, regelmäßigen Fahrten, die manche Schiffe Jahr aus, Jahr ein zu machen pflegen, z. B. von Riga nach Rostock, oder von Bergen nach Rostock hin und zurück, wird der Mangel an solcher Gewandheit und theoretischer Kenntniß nicht so sehr empfunden. Der Schiffer weiß überall schon gut Bescheid, hat seinen bekannten, sicheren Makler u. s. w., und kömmt so leicht und gut durch. Anders aber in fremden Häfen und bei weiten Fahrten, wo der Kapitain in vielen Fällen ganz allein auf sich selbst angewiesen ist, und sich auch nicht erst bei seiner Rhederei für jeden besonderen Fall Rath erholen kann.

Deshalb halten wir es grade von jetzt an, wo das ganze europäische Rhedereigeschäft einen neuen Aufschwung nehmen und Konkurrenz von allen Seiten eintreten wird, für dringend erforderlich, wenn man bei den neu ernannt werdenden jüngeren Kapitainen streng auf den Besitz aller dieser Eigenschaften sieht. Ein Zögern hierin würde nicht allein den betreffenden Rhedern vielfachen Schaden verursachen, sondern könnte leicht auch unvortheilhaft auf den Ruf der ganzen mecklenburgischen Rhederei wirken.

Eine Verbesserung der Seemannsschulen auf dem "Fischlande" und in den Hafenstädten, und die Errichtung einer höheren Navigationsschule in Rostock nach dem Muster der bremer, hamburger und danziger derartigen Anstalten, würde gewiß von vielfachem Nutzen für die ganze mecklenburgische Rhederei sein. In Rostock, besonders an der Universität, sind geistige Kräfte genug, die sich vortheilhaft für eine derartige Anstalt, auf der die jüngeren Steuerleute im Winter sich die theoretischen Kenntnisse für ihren wichtigen zukünftigen Beruf erwerben müßten, benutzen ließen. Mathematik, Astronomie, neue Sprachen und wenigstens die Anfangsgründe der kaufmännischen Wissenschaften müssen die hauptsächlichsten theoretischen Lehrgegenstände dieser Navigationsschule sein; der praktische Theil des Unterrichtes müßte natürlich auch von einem praktischen Seemanne geleitet werden. Wir glauben, daß die Errichtung solcher Anstalt in mehr als einer Hinsicht sich recht gut bezahlt machen möchte. Widmen sich doch von Jahr zu Jahr auch in Mecklenburg mehr Söhne der gebildeten Stände dem Seemannsstande, und diese werden sehr erfreut sein, wenn ihnen eine derartige Anstalt zur Erlangung der für ihren Beruf nöthigen theoretischen Kenntnisse geboten wird. Jetzt suchen junge Männer dieser Art gern auf hamburgischen und bremischen Schiffen ihre Lehrzeit anzutreten, weil sie glauben, auf diesen bessere Gelegenheit zu haben, sich mehr Kenntnisse aller Art zu erwerben; später werden sie eben so gern mecklenburgische hierzu nehmen.

Auch strenge Prüfungen, sowohl für Kapitaine, wie auch für Steuerleute erster und zweiter Klasse halten wir zur größeren Emporhebung der mecklenburgischen Handelsmarine für dringend nothwendig. Daß in Preußen jetzt sehr strenge derartige Prüfungen für die verschiedenen Klassen der Kapitaine und Steuerleute stattfinden, hat sehr viel dazu beigetragen, der preußischen Handelsmarine in den letzten acht Jahren einen weit besseren Ruf zu gründen, wie dieselbe früher besaß. Man erkundigt sich in fremden Häfen bei der Befrachtung größerer preußischer Seeschiffe sehr sorgfältig nach den Prüfungs-Attesten der Kapitaine, ja selbst Steuerleute derselben und legt vielen Werth darauf. Früher nahm man in Bremen und Hamburg preußische Ostseeschiffe ungern zu transatlantischen Reisen, und hatte ein gewisses Mißtrauen gegen dieselben, jetzt sind sie sehr in diesen Orten beliebt und werden besonders von Hamburg aus vielfach in weiteren Reisen beschäftigt. — Was nun die sonstige Bemannung der mecklenburgischen Fahrzeuge betrifft, so glauben wir, daß für diese keine weiteren Fortschritte mehr nöthig sind. Die mecklenburgischen Matrosen, und besonders die vom Fischlande, sind unter guter Führung so seetüchtig und bräv wie man sie nur wünschen kann, und genießen allenthalben eines wohlbegründeten, trefflichen Rufes. Besonders auch ihrer einfachen, rechtlichen Sitten wegen haben wir dieselben überall loben hören. Diejenigen von ihnen, welche stets auf Schiffen, die nur kleine Reisen machen, dienen, haben wohl mitunter den Nachtheil, daß sie alljährlich zu viele Monate unbeschäftigt am Land liegen, und daher nicht so geübt und gewandt in manchen seemännischen Arbeiten sind, wie die Matrosen von der sogenannten "langen Fahrt," die fast beständig auf dem Meere weilen. Fangen die mecklenburgischen Schiffe erst an, wie sie jetzt schon begonnen haben, mehr größere Reisen zu machen, und weniger ruhig im Hafen zu liegen, so wird dieser kleine Uebelstand auch bald aufhören. Sonst ist die unruhige und gefährliche Ostsee sehr dazu geeignet, tüchtige Seeleute zu

bilden, da sie, ihrer vielen Stoßwinde und überall nahen
Küsten wegen, stete Aufmerksamkeit erfordert.

Was wir im Interesse der Matrosen, dieser so braven,
arbeitslustigen und aufopferungsfähigen Menschenklasse, wünsch-
ten, wäre eine bessere Regulirung ihrer Unterstützungskassen
im Alter und bei sonstigen Unfällen. Weder Weib noch Kinder
eines Seemannes, der sein Leben in seinem gefährlichen Be-
rufe verliert, dürfen den mindesten Mangel leiden, er selbst
muß sein mühevolles, den größten Entbehrungen und Anstrengungen beständig ausgesetztes Leben wenigstens mit einem
sorgenfreien Alter enden können. Durch eine jährliche Ab-
gabe von allen Schiffen, nach der Größe ihrer Tragfähigkeit,
wie auch durch einen kleinen Abzug von dem Monatslohn
der Matrosen, Steuerleute und Schiffer selbst, ließe sich eine
solch allgemeine mecklenburgische Seefahrer-Invaliden-Kasse
(einzelne derartige Anstalten sind vorhanden) wohl am Leich-
testen gründen. Solche Sicherung sowohl ihres wie ihrer
Hinterbliebenen Looses würde gewiß vortheilhaft auf die Matrosen einwirken, und so auch der Rhederei wieder zu Gute
kommen. Eine feste Bestimmung, daß jeder Matrose der auf
einem mecklenburgischen Schiffe diente, dazu beitragen müßte,
dafür aber auch im Unglücksfall, oder nach so und so viel
auf mecklenburgischen Schiffen gedienten Jahren, ein Anrecht
auf Unterstützung hätte, wäre wohl das Zweckmäßigste.

Die allmähliche Heranbildung einer größeren Zahl tüchtiger Matrosen, wie jetzt vorhanden sind, dürfte auch eine
fernere Sorge der mecklenburgischen Rheder sein. Gute Matrosen sind jetzt schon, wenn die Schifffahrt stark geht, in nicht
zu übermäßiger Anzahl zu finden, und dürften bei der starken
Vermehrung der Rhederei, wie sie hoffentlich bald eintritt,
dann noch seltener werden. Auch für unsere deutsche Kriegs-
Flotte, auf welcher jetzt schon an 70 mecklenburgische See-

leute dienen, wird das Land hoffentlich bald noch eine weit
größere Zahl von Matrosen zu stellen haben. Daher erscheint
es uns dringend nothwendig, wenn man schon jetzt Mittel
ergreift, sich von Jahr zu Jahr eine weit größere Anzahl
derselben, wie jetzt noch vorhanden sind, herauszuziehen, und wir
glauben, daß man dies ohne viele Schwierigkeiten recht gut
vermag. Bisher sind fast alle mecklenburgischen Matrosen
entweder aus Rostock und Wismar selbst, oder aus Warnemünde und dem "Fischlande" oder Ribnitz; aus andern Orten
wird man selten welche antreffen. Es muß daher jetzt das
Streben sein, auch in den andern Gegenden des Landes mehr
Lust zu erwecken, sich dem Seemannsleben zu widmen, wie
es bisher geschehen ist. Fast alle mecklenburgischen Städte
haben bei der geringen Industrie, die in ihnen herrscht, und
die für's Erste wenigstens auch noch nicht so ganz außeror-
dentlich gehoben werden wird, mehr müssige Hände, wie sie
bedürfen, und könnten zu ihrem eigenen Nutzen recht füglich
Manche derselben zum Schiffsdienst abgeben. Wenn die
Knaben nach ihrer Konfirmation sogleich zur See kommen, so
lassen sich aus ihnen, bei sonstigen Anlagen und guter Unter-
weisung, noch recht tüchtige Seeleute bilden, gleichviel ob sie
nun in Wismar oder in Schwerin oder Pillau geboren sind.
Unter den gebildeten Ständen, nicht allein in ganz Mecklenburg, sondern auch im deutschen Binnenlande, nimmt die Lust,
sich dem Seemannsstande zu widmen, von Jahr zu Jahr
mehr zu, und eine Menge junger Leute aus denselben dienen
schon auf mecklenburgischen und mehr noch hamburgischen und
bremischen Schiffen. In den unteren Volksklassen scheint die
gleiche Lust aber noch nicht vorhanden zu sein. Und doch
glauben wir, daß es auch nur bei diesen einer kräftigen Anregung bedarf, und auch aus ihnen werden sich kräftige junge
Burschen genug diesem Gewerbe widmen. Wenn die meck-

lenburgischen Rheder und mehr noch die Schiffskapitane,
sich bemühten, häufiger Schiffsjungen aus den Land-
städten zu nehmen, es wäre dies gewiß sowohl für die Rhederei wie für die betreffenden Knaben selbst von gutem Erfolg.
Bei unserer jungen deutschen Flotte hat der treffliche Admiral
Brommy, der selbst ein Leipziger ist, absichtlich viele Schiffsjungen und Seesoldaten aus den verschiedenen deutschen Bin-
nenstaaten genommen, um so diese allmählig zu Seemännern
heranzubilden, und dadurch es zu befördern, daß sich mehr
junge Leute, die auch grade nicht unmittelbar an den Meeres-
küsten geboren sind, dem Schiffsdienst widmen. Möchte man
doch in Mecklenburg im Kleinen sich bestreben, diesem Beispiele zu folgen, an tüchtigen Matrosen dürfte sonst in einigen
Jahren leicht ein Mangel entstehen, und dies dem vermehrten
Aufblühen der mecklenburgischen Rhederei empfindlich schaden.

Dies sind im Allgemeinen die Mittel, welche, nach unserer Ansicht, Mecklenburg für sich allein anwenden muß,
wenn es von der Aufhebung der englischen Navigations-Akte
und dem unausbleiblich folgenden Beispiele der übrigen See-
staaten in Freigebung der Schiffahrt*) günstige Folgen gewinnen will. Der allgemeine Wetteifer aller seefahrenden
Völker wird jetzt viel mehr wie früher angespornt werden, und
werden damit nothgedrungen schon die Anstrengungen jedes
Einzelnen erhöht. Strengt daher die mecklenburgische Rhederei
sich jetzt nicht mit allen ihren Kräften an, so wird sie bald
gänzlich überflügelt werden, und der Vortheil, den sie sonst
gewinnen könnte, sich leicht sogar in Nachtheil verwandeln.

---

*) Frankreich dürfte wohl am Schwersten sich dazu entschließen können,
seine Häfen ohne alle Beschränkung den fremden Flaggen zu öffnen,
denn seine künstlich herangebildete Rhederei bedarf vielfältigen
Schutzes, und ist dem Lande zur Bemannung der Kriegsflotte
ganz nothwendig.

Möge sich jeder mecklenburgische Schifförheder und Schiffs-
kapitain dies so fest als möglich einprägen und stets zur
Richtschnur seines Handelns nehmen.

Zum Schluß unserer Arbeit nun noch die Mittel,
welche von ganz Deutschland angewandt werden müssen, um der
gesammten deutschen Rhederei vielfachen Nutzen zu bringen.
Das Erste und Wichtigste muß sein, daß die in der Frankfurter National-Versammlung beschlossene Errichtung einer
gemeinsamen deutschen (schwarz-roth-goldenen) Flagge für alle
unsere deutschen Schiffe auch bald zur Wirklichkeit werde.
Nur eine gemeinsame Flagge mit dem einigen mächtigen
Deutschland zu ihrem etwaigen Schutze hinter sich, kann sich
Ansehen in allen Häfen der Welt erwerben; eine mecklenburgische oder hannoversche oder oldenburgische vermag dies selbst
beim besten Willen nicht. In den europäischen Häfen, wo
geregeltere Verhältnisse stattfinden, wird der Mangel einer
kräftigen Schutz gewährenden Flagge nicht so schmerzlich empfunden werden, wie bei den weiteren Fahrten in ferne Gegenden. Hier sind unsere armen deutschen Schiffe ohne den
mindesten Anhalt, ohne Schutz gegen jegliches Unrecht, was
die Willführ irgend einer beliebigen Behörde ihnen angedeihen
zu lassen Lust hat. Wo der Engländer, Franzose, ja selbst
der Schwede oder Däne, kräftig und im Gefühl seiner Sicherheit auftreten kann, da muß der arme Deutsche sich schmiegen
und biegen, und wie ein Hund behandeln lassen, um nur
durchzukommen. Ist dies aber nicht für ein Volk von über
30 Millionen eine schmachvolle Lage, müssen wir uns nicht
bis in unsere tiefste Seele schämen, daß wir dieselbe bisher
so lange geduldig ertragen haben? Wie kann man unter
so gedrückten Umständen auch wohl einen erfreulichen Aufschwung unserer Rhederei erwarten? Wir glauben, daß diese
einen siegreichen Wettkampf mit der englischen, die durch ihre

Flagge geschützt, kühn in alle Theile der Welt einzudringen
vermag, unternehmen könnte. Daher halten wir es für drin-
gende Pflicht Aller, die eine Entscheidung bei dieser wichtigen
Sache haben, vor Allem des Erfurter Reichstages, dem
wir jetzt allein nur noch unsere deutsche Einheit anvertrauen
können, nachdem leider die Frankfurter Reichsverfassung mit
dem Kaiser an der Spitze von Deutschland augenblicklich zur
Unmöglichkeit geworden ist, für die Anerkennung der deutschen
Flagge mit allen Kräften zu streben. Die "Vereinigten
Staaten von Nordamerika" haben die deutsche Flagge schon
feierlich anerkannt, und die bremer und hamburger Schiffe,
welche dorthin fahren, sind größtentheils schon mit diesem
schönen Zeichen geschmückt. Von Erfurt aus muß jetzt dahin
gewirkt werden, daß alle auswärtigen Staaten die schwarz-
roth-goldene Kriegs- wie Handelsflagge feierlich anerkennen.
Ist dies aber erst geschehen, dann muß auch jedes deutsche
Schiff, was einem dem Erfurter Reichstag beigetretenen Lande
angehört, durch ein Gesetz strenge dazu angehalten werden,
die schwarz-roth-goldene Flagge auf dem ersten Platz zu
führen. Mag es seine preußische oder mecklenburgische oder
rostockische Flagge dann auch immerhin auf dem zweiten Platz
beibehalten, die deutsche darf auf dem Ehrenplatz ihm nicht fehlen.

Mit einer deutschen Flagge werden und müssen auch gemeinsame deutsche Konsulate in den Haupthandels- und Ha-
fenplätzen des Auslandes verbunden sein, und von diesen wird
unser Handel und unsere Rhederei vielfachen Nutzen haben.
Mit dem Konsulatswesen unserer kleineren deutschen Einzelstaaten sieht es größtentheils sehr schlecht aus, und dasselbe gewährt oft nur einen äußerst geringen Nutzen. Wie
kann dies aber auch wohl anders sein; welche Mittel besitzt
ein mecklenburgischer oder hannöverscher, ja selbst preußischer Konsul in einem fernen Lande, um den an ihn Gewie-

senen auch nur den mindesten Schutz irgend einer Art zu ver=
schaffen? Der Dey von Algier endete sein Leben im Exil,
und sein Land ist noch heute französisch, weil er es gewagt
hatte, dem französischen Konsul einen Schlag mit dem Fächer
in das Gesicht zu geben, der neu geschaffene Kaiser Faustin
von Hayti könnte aber alle Konsuln der einzelnen deutschen
Staaten, die in seinem Lande sind, nach Lust und Belieben
mit Stockschlägen behandeln, ohne daß ihm deswegen auch
nur das Allergeringste geschehen würde und geschehen könnte.
So kläglich sieht es mit der Vertretung des deutschen Namens
im Auslande aus, und daß solche Unsicherheit ungemein läh=
mend auf unsern Handel und mehr noch auf unsere See=
schifffahrt einwirken muß, ist leicht begreiflich. Die meisten
deutschen Konsuln in fernen Landen haben auch jetzt nicht die
mindeste Lust, sich viel um die Pflichten ihres Amtes zu be=
kümmern. Größtentheils sind es Kaufleute, die diesen Posten
ohne Besoldung bekleiden, und da sie also wenig Nutzen von
demselben haben, so widmen sie ihm auch nicht gerne viel
Zeit und Mühe. Unzählige Beispiele sind uns von Schiffs=
kapitainen und deutschen Reisenden in der Ferne mitgetheilt
worden, welch geringen Anhalt sie in schwierigen Fällen an
ihren Konsulaten gehabt, und wie sie dadurch in Nachtheil
gegen alle anderen Nationen gestanden hätten. Kann solch
unsicheres Verhältniß aber wohl unseren Schiffskapitainen wie
Kaufleuten Lust zu neuen Unternehmungen erwecken, muß es sie
nicht hingegen von denselben mit zurückschrecken? Der Engländer
und Franzose findet fast überall einen Vertreter seiner Nation,
dem es zur dringenden Pflicht gemacht ist, sich seiner Landsleute
auf das Kräftigste anzunehmen, und dem für seine Mühe
auch ein entsprechender Lohn wird. So muß es bei uns auch
in Deutschland werden, und so wird es auch werden, wenn
wir nur erst eigene deutsche Konsulate besitzen. Die Kosten

derselben für das ganze Deutschland werden, wenn man auf
den wichtigsten Plätzen auch eigene besoldete Agenten anstellt,
sich für die Einzelstaaten desselben doch lange nicht so hoch
belaufen, wie die Summen, die sie jetzt für ihre größtentheils
ganz unnützen Gesandtschaften und Konsulate ausgeben müssen.
Die deutsche Seeschiffahrt wird aber vielfache Vortheile aller
Art dadurch gewinnen.

Das dritte, mit den beiden ersteren eng verbundene
Hebungsmittel für diese, ist die Gründung einer deutschen
Flotte. Nur der Fluch unserer bisherigen Uneinigkeit, der
uns um so viel Großes gebracht und uns doch so viel nutz=
lose Opfer aller Art aufgelegt hat, konnte es bisher verhin=
dern, daß wir eine tüchtige Flotte uns gründeten. Es ist in
der Geschichte aller Zeiten und Völker ohne Beispiel, daß ein
Land von 220 Meilen offener Seeküste, mit einer Handels=
Marine von 2780 größeren Seeschiffen und 85—86,000
rüstigen Matrosen, auch nicht ein einziges, sage nicht ein einziges
Kriegsschiff zum Schutz derselben gehabt hat. Millionen über
Millionen haben uns unsere Landheere gekostet, und dabei
sind wir doch so ohnmächtig, so elend ausgerüstet, daß der
kleinste Seestaat dem ganzen Deutschland ungestraft den Krieg
erklären kann. Wenn z. B. Schweden oder gar Nordamerika
uns den Krieg erklärte, und sendete nur einige Fregatten in
die Ostsee, andere in die Nordsee, blockirte unsere Häfen, ka=
perte unsere Schiffe, ängstigte unsere größtentheils unbefestigten
Küstenstädte mit einem Bombardement oder einer Landung,
so würden wir unendlichen Schaden darunter leiden, ohne
unserem Gegner auch nur die mindeste Wiedervergeltung zu=
fügen zu können. Daß dies aber leider völlige Wahrheit und
keine Uebertreibung ist, hat uns der letzte für uns wahrlich
nicht ehrenvoll geendete Krieg mit Dänemark nur zu gut ge=
zeigt. Zwei Jahre haben wir gegen dies kleine Land von

1½ Millionen Einwohnern gekämpft, haben uns Truppen aus allen Gegenden Deutschlands dazu zusammengeholt, und sind bisher aus diesem Kampfe wahrlich nicht als Sieger hervorgegangen. Daß aber ein Staat mit Seeküsten und Rhederei auch ganz unumgänglich einer tüchtigen Flotte zum Schutz derselben bedarf, zeigt uns am Besten Nordamerika. Dies praktische Land ist wahrlich nicht dazu geneigt, auch nur einen Dollar unnützer Weise für Militairaufwand auszugeben, aber strenge hält es darauf, daß es immer eine Achtung gebietende Kriegsflotte besitzt. Es weiß gar wohl, daß die darauf verwandten Summen nicht verloren sind, sondern seinem Handel, seiner Rhederei sehr gut wieder zu statten kommen.

So hoffen auch wir von unserer jungen deutschen Flotte, zu welcher endlich doch ein Anfang gelegt wurde, mit dem wir uns, in Betracht aller hemmenden Verhältnisse, nur zufrieden erklären können, einen günstigen Aufschwung für die deutsche und somit für die mecklenburgische Rhederei. Grade jetzt, wo wir hoffen, daß deutsche und unter diesen auch viele mecklenburgische Schiffe weit mehr, wie früher der Fall war, in ferne Meere kommen werden, sind Kriegsschiffe zum Schutze derselben ein noch viel dringenderes Bedürfniß für uns geworden. Die schwarz-roth-goldene Flagge darf nicht nur immer auf den Masten friedlicher Kauffahrer sich zeigen, sie muß sich auch bisweilen in allen Theilen der Erde auf stattlichen Fregatten entfalten, um überall darzuthun, daß wir auch die Kraft und die Macht besitzen, Ersteren den ihnen gebührenden Schutz zu verleihen. Wenn wir zu den 11 Kriegsdampfbooten, 2 Korvetten, 1 Fregatte und 78 Kanonenböten, die Deutschland (Schleswig-Holstein und Preußen miteingerechnet) jetzt schon besitzt, noch 8—12 tüchtige Fregatten und vielleicht eben so viel Korvetten bekommen, so genügt dies für unsere Zwecke vollkommen. Diese müssen wir aber uns

anschaffen und werden sie auch bekommen, wenn unsere Ein=
heitsbestrebungen nicht ganz zu Schanden und wir, mit
verdientem Rechte, dann ein Spott für alle andern Völker
der Welt werden sollen.

Aber auch in anderer Beziehung noch, als um die deutsche
Flagge zu Ansehen bringen zu helfen, wird eine Flotte der
ganzen Rhederei von vielfachem Nutzen sein. Es werden
durch dieselbe tüchtige Seemänner gebildet werden, welche
wieder auch auf die Kauffahrtei=Kapitaine einen günstigen
Einfluß ausüben können. In Holland, Belgien, Dänemark,
Schweden, England, Nordamerika fahren Flottenofficiere auf
Halbsold, im Frieden oft auf größeren Kauffahrteischiffen als
Kapitaine. Besonders auf Dampfschiffen, die regelmäßige
Fahrten machen, findet man dieselben häufig. Dies trägt
aber viel dazu bei, den ganzen ehrenwerthen Stand der Schiffs=
Kapitaine ungemein emporzuheben und unter allen Mitgliedern
desselben einen regen Wetteifer, es in Kenntnissen und gebil=
detem Benehmen diesen Seeofficieren gleichzuthun, anzufachen.
Gleiches wird auch hoffentlich später bei der deutschen Rhe=
derei der Fall sein. Es dienen jetzt schon auf den deutschen
Kriegsschiffen an 35 bis 40 junge gewandte Steuerleute
unserer Handelsschiffe als Hülfsofficiere, und von diesen
werden, nachdem sie dort eine treffliche theoretische und prak=
tische Schule mit durchgemacht haben, gewiß Viele wieder zu
ihrer früheren Beschäftigung zurückkehren. Auch Steuerleute,
Matrosen und besonders Maschinenmeister für unsere Dampf=
schiffe werden auf unserer Kriegsflotte gebildet werden. Für
Letztere, an denen es in Deutschland noch so sehr fehlt, ist
jetzt auf unseren größeren Kriegsdampfschiffen schon förm=
lich eine eigene Hochschule angelegt worden. Jetzt sind fast alle
Maschinenmeister und Wärter bei den großen Maschinen auf
unseren Kriegsdampfschiffen sehr hoch bezahlte Engländer, da

man in Deutschland noch keine sehr erfahrene Leute für diese
wichtigen Stellen finden konnte. Diese haben aber eine Menge
von jungen Burschen und Knaben aus dem Binnenlande zu
Lehrlingen erhalten, so daß wir in wenigen Jahren hoffen
dürfen, den genügenden Bedarf an tüchtigen Maschinenmeistern
und Wärtern für unsere Kriegs= und Handels=Dampfschiffe,
in Deutschland selbst zu bekommen.

Auch zur Vervollkommnung unserer Schiffsbaukunst wird
das große Werft, welches die deutsche Flotte sich an=
legen wird, wesentlich mit beitragen. Unsere Schiffsbau=
meister werden gute Modelle von dorther für schnellsegelnde
Schiffe bekommen, die Schiffszimmerleute, Ankerschmiede,
Segelmacher, Seiler u. s. w. Vieles in den Arbeitsräumen
eines tüchtig geleiteten Kriegswerftes lernen können, was sie
dann mit Vortheil auf den einzelnen Privatwerften für unsere
Handelsschiffe wieder anzuwenden vermögen. Lassen wir
uns jetzt doch noch manche Gegenstände für die Ausrüstung
eines Schiffes, z. B. einzelne Ankerketten, Anker u. s. w. aus
England kommen, weil in Deutschland keine großartigen An=
stalten sind, dieselben erzeugen zu können. Später kann dies
ebenfalls in unserem Seearsenale geschehen, welches dergleichen
schwer im Kleinen anzufertigende Sachen an die Privat=
werften wieder ablassen müßte.

So wird das Gedeihen unserer Kriegsflotte eng mit dem
Zuwachs unserer ganzen Rhederei verbunden sein, und Beide
werden sich gegenseitig unterstützen und kräftigen können.
Daher halten wir es auch für ein Glück, daß gerade jetzt,
wo unsere Handelsrhederei einen neuen Aufschwung nehmen
muß, mit der Gründung einer deutschen Kriegsflotte ein
guter Anfang gemacht worden ist.

Und somit enden wir unsere Arbeit mit dem lebhaften
Wunsche, daß sowohl die ganze deutsche, wie auch besonders